1977年12月、富士急ハイランドで観覧車をバックに。２人とも笑顔です。

1988年８月、恵８歳、毅２歳。千葉県勝浦、行川アイランドにて。子どもたちはフラミンゴを見てビックリ。その後2001年８月、閉園。

1991年８月、富士すばるランドにて。

恵12歳、毅６歳。帰りの車はカブトムシでいっぱいでした。

1994年８月、恵15歳、毅９歳。飛騨高山へ行く途中、木曽川にかかる城山大橋にて。
龍にまつわる言い伝えが印象的でした。

2015年10月、広島県宮島厳島神社にて。心が浄化された気がしました。
次は出雲大社と約束したのですが、残念……。

生きる

神崎 徳江
KANZAKI Norie

文芸社

目　次

第1章　突然の出来事

平成30年（２０１８年）９月１日。そのときは、あまりにも突然やって来ました。電話がかかってきたのは、16時30分ごろ。会社で事務作業のため、パソコンを操作しているときのことでした。

明日は日曜日、あと30分もすれば終業時間。

休日の明日は、主人といっしょに、千葉に住む息子に会いに行って、夕飯は外食。朝９時に出発して、京成ローザで映画を見て、千葉駅ペリエでぶらぶらしながら、買い物をして……と、思いをつのらせているときです。

「神崎さん、山武《さんむ》警察からお電話です」

ふいに事務員さんからそう言われ、あわてて電話を取りました。

「神崎です。何かありましたか」

と言うと、

「ご主人、武雄さんですよね」

「はい」

「すぐこちらまで来ることはできますか」

とっさに「はい」と答え、急いで帰宅の準備をして、会社を出たものの、混乱してしまってわけがわかりません。

このとき、まずは主人の携帯に電話をしてみようと思って、かけてみました。

すると、電話に出たのは、主人ではありませんでした。

「こちらは救急隊員ですが、今、成田赤十字病院に搬送中です。すぐ病院に向かってください。たぶん頭の血管が切れているのではないかと」

とのこと。

突然のことで、事態が把握できないままに、主人の兄に連絡しました。

すぐに連絡がとれて合流できましたが、私は動揺してしまって、とても運転はできそうもありません。義兄に運転してもらって、いっしょに成田赤十字病院まで向かうことになりました。

この日は土曜日とあって、道路は混雑していました。なかなかスムーズに進まない車の中で、気持ちはさらに動揺するばかりです。

息子にも連絡し、東京に住んでいる娘にも連絡を取りました。

運転しながら、義兄は「大丈夫、大丈夫だよ」と私に声をかけてくれました。

「近所でも血管が切れて倒れた人はいたけれど、元気になったから。リハビリをすれば、元の生活に戻れるから」

義兄に励まされながら、病院に到着したのが18時50分でした。

ようやく病院に着いたものの、すぐに主人に会うことはできませんでした。

「今先生が処置をしていますので、お待ちください」

と言われて、面会できたのは、１時間あまりたった19時50分前後だったでしょうか。

そのころまでには、息子、娘、そして義兄夫婦、義弟夫婦とその子供たちが病室に集まっていました。

主治医の先生から、

「自発呼吸はしていません。瞳孔も開き始めました。脳動脈瘤《りゅう》が破裂したことによる、くも膜下出血で、手の施しようがありません」

と説明を受けました。人工呼吸器をはずすと、1分もたたないうちに、心電図が「ピー」と鳴り、先生から「20時1分、ご臨終です」と告げられました。

病室に運ばれた主人と面会した時間は、わずか5分程度。

まるでドラマのワンシーンを見ているように、あまりにも現実感がなく、突然の出来事でした。


今でも鮮明に記憶していることは、呼吸器をはずす前に、「どうして、どうして」と、自分に何度も何度も問いただしていたこと。

まるで、別人のようになってしまった主人。

医者である娘婿に、「お母さん、お父さんに声をかけてあげてください」と言われ、「どうせ聞こえないわよ」と私が言うと、「そんなことないですよ。耳だけは最後まで聞こえているので、声をかけなさい」

そう娘婿は私をうながしました。

私は嗚咽《おえつ》とともに「ありがとう」と一言いい、泣き崩れました。

握っていた主人の手は、ほのかに温もりがありましたが、その手が徐々に冷たくなっていくのを、肌で感じながら、夢でも見ているかのような時間でした。

最後の言葉をかわすことができなかった、その無念さは今も心に焼き付いています。

でも、娘はのちに、「お父さん、あのとき涙を浮かべてた」と言っていました。


それから、４日後の９月５日の葬儀までは、目の回るように忙しく、それでもまだ今が現実とは思えない日々を送りました。

息子が頑張ってくれたおかげで、なんとか無事にやり通すことができたようなものだと思っています。

死亡確認後、まずは、主人に自宅へ帰ってもらわなくてはと思い、葬儀屋のアイホールさんへ連絡を入れました。

葬儀屋さんは、

「病院から退院許可が出てから、また連絡をください」

とのこと。そこで、ひとまずナースステーションに今後の対応について指示を受けに行きました。すると、

「山武警察の刑事課の方が、事情聴取をするとのことなので、しばらくお待ちください」

と言われました。

病室に残って夫の亡骸と待つ間に、義兄夫婦、義弟家族は自宅に戻ることになり、娘と娘婿、孫、息子と私の5人で待つことにしました。

なかなか警察の方が来ない中、娘婿《むすめむこ》が娘に言いました。

「お父さんに、点滴と膀胱《ぼうこう》の管が入りっぱなしだ。早く抜くようにナースに指示しなさい。体が浮腫《むく》んでしまってかわいそうだ」

それを聞くと、看護師をしている娘は慌ててナースステーションへ向かいました。

小一時間ほど待ったでしょうか。やっと山武警察署の刑事課の方が二人お見えになり、そこから事情聴取が始まりました。

「事件性はないのですが、規則なので、まずはこちらから今回の経緯を説明いたします」と警察の方は話しはじめました。

警察の方が言うには、その日、９月１日の15時30分ごろ、山武市の埴谷《はにや》という場所で、主人は民家の前に車を停めたということです。向かいにあった別の民家をたずねた夫は、応対してくださったその家のおばあさんに「気分が悪い」と言って、座り込んでしまいました。そこで縁台を出してもらい、座って休んでいたのですが、すぐに倒れてしまったので、救急車と警察が呼ばれたといいます。

なかなか救急車は到着せず、やっと到着したときには、自分で車に乗り込むことができたものの、その後まもなく、意識がなくなってしまい、そして成田赤十字病院に搬送となりました。

後になって、お世話になった近隣の方々にご挨拶しなくてはと、息子と二人で埴谷の民家を訪ね、当時の様子を聞く機会がありました。

それによると、「どこから来たのか」と、この家のおばあさんがたずねると、「旭市《あさひ》新町」と夫は答え、さらに「お墓、お墓を」と言って民家の裏手を指さしたそうです。縁台に座っていたけれど、すぐに道に横たわってしまった、とのことでした。

その後、警察と救急車が到着しましたが、このあたりの道は狭く、救急車がすぐそばまで入ってきて駐車することはできませんでした。そのため、夫は自分の足で歩いて広い道まで行き、救急車に乗り込んだ——ということでした。

歩いている姿を見ていただけに、近隣の方は「えっ、亡くなってしまったんですか」と、とても驚いていました。

私も、「家で倒れていれば、歩かずに済んだかもしれない」と思わずにはいられませんでした。

主人が倒れた日は、土曜日でした。

9月に入ったばかりで、とても暑い日だったのを覚えています。

郵便はがき

料金受取人払郵便

新宿局承認

3971

差出有効期間
2022年7月
31日まで
(切手不要)

1608791

141

東京都新宿区新宿1－10－1

(株)文芸社

愛読者カード係 行

お名前《ふりがな》			明治 大正 昭和 平成 年生 歳	
ご住所《ふりがな》	□□□-□□□□			性別 男・女
お電話番号	(書籍ご注文の際に必要です)	ご職業		
E-mail				
ご購読雑誌(複数可)		ご購読新聞 新聞		

最近読んでおもしろかった本や今後、とりあげてほしいテーマをお教えください。

ご自分の研究成果や経験、お考え等を出版してみたいというお気持ちはありますか。

ある　ない　内容・テーマ(　　　　)

現在完成した作品をお持ちですか。

ある　ない　ジャンル・原稿量(　　　　)

書　名				
お買上 書　店	都道 府県	市区 郡	書店名	書店
			ご購入日	年　　月　　日

本書をどこでお知りになりましたか?

1.書店店頭　2.知人にすすめられて　3.インターネット(サイト名　　　　)

4.DMハガキ　5.広告、記事を見て(新聞、雑誌名　　　　)

上の質問に関連して、ご購入の決め手となったのは?

1.タイトル　2.著者　3.内容　4.カバーデザイン　5.帯

その他ご自由にお書きください。

(　　　　)

本書についてのご意見、ご感想をお聞かせください。

①内容について

②カバー、タイトル、帯について

弊社Webサイトからもご意見、ご感想をお寄せいただけます。

ご協力ありがとうございました。

※お寄せいただいたご意見、ご感想は新聞広告等で匿名にて使わせていただくことがあります。

※お客様の個人情報は、小社からの連絡のみに使用します。社外に提供することは一切ありません。

まだまだ冷房なしでは過ごせない日が続くというのに、折悪しく自宅のエアコンの調子が悪くなっていました。この日の朝、私が出勤する前に、「今日はお掃除屋さんに来てもらうんだ」と夫は言っていました。午前中におそうじ本舗さんに来てもらって、エアコンのメンテナンスをしてもらうというのです。

この方が、夫が生前、最後に会った知人ということになってしまいました。

「最後、主人はどうでしたか？」

と後日になってその方に伺うと、

「信じられないです。すごく元気でした」

とおっしゃっていました。そして、「何かあったら声をかけてください」と励ましてくださいました。

車が好きで、旅行で遠出するときにも、ほぼすべて自家用車を使うほど、運転の腕はたしかだった主人ですが、車には両脇にこすった跡がついていました。

おそらく、車の運転中になんらかの異変を感じ、事故を起こしたら大変だ……と細い脇道に入って安全を確保しようとしたのではないか、と思います。

私たち夫婦は、週末ごとに、東京に住む娘一家のところや、同じく東京で暮らしている私の母のもと、また千葉に住む息子に会いに、と出かけていました。

この日も土曜日でしたから、翌日曜日には、千葉の息子に二人で会いに行く予定を立てていました。

朝、仕事に行く支度をしながら、

「明日は何時に起きる?」

「そうだなあ、9時に出発するから、早く起きよう」

そんなやりとりをしたのも、いつもの週末と変わらない、ごくありふれた光景でした。

日曜日ごとに、主人といっしょに出かけるのは、私にとって、とても楽しみなことでした。

それだけに、今、ひとりで過ごす日曜日はとてもさみしく、またむなしく感じられてしまうのです。

病室での、警察の方からの質問は、勤め先、普段の生活習慣など一般的なことでした。私は、淡々と回答していました。

やり取りする中で、安否確認のカードが主人の車に置いてあったことを聞き、「そのカードがだれかの目に留まっていれば、また違ったのかもしれない」と残念な思いもしました。

警察の方からの聴取は、結局、1時間あまりかかって終わりました。この後、夫の遺体を自宅に連れて帰る手配を、と思ったら、

「事件性はないのですが、規則なので、遺体の検視をしなければなりません。監察医が千葉市から来るので、時間がどのくらいかかるのか、わかりかねます」

と言われました。

「今晩中には主人は自宅に戻れますか」

「何とも言えません。監察医の来る時間が未定なもので。今晩は、警察の遺体安置所

で、となると思います」

しかたなしに、葬儀屋さんに電話してその旨を伝えると、

「大丈夫ですよ、心配しないでください。山武警察の担当の方と連絡を取って、こちらからご主人のご遺体を引き取りに行き、ご自宅まで送り届けます」

と言っていただけました。その親切な対応に、感謝の気持ちでいっぱいになりました。


救急搬送の連絡で病院にかけつけ、医師の診断と処置の説明を受け、病室で夫を見とり、そして警察の方からの事情聴取。その後、夫の退院手続きを終了して、病院を出たのは23時前後でした。娘夫婦と孫は東京に、息子と私は旭の自宅へと帰途につきました。家に帰りついたときには、24時を回っていました。

とても長い、そして、とても短い時間でもありました。

夫は成田赤十字病院から山武警察に搬送され、監察医の検視後、遺体安置所に保管されることとなり、何とも言えない思いをしました。

翌日になると、山武警察署の方から「9時に伺いたい」と連絡がありました。警察の方は、その日も二人でお見えになり、今回の一連の経緯と、検視結果などの説明がありました。

検視結果に関しては、薬物及び違法性などのあるものは検出なしとのことでした。主人がいつごろ自宅に戻れるか確認しますと、「今日中には戻れる」とのことでしたので、葬儀屋さんに連絡を取ったところ、「警察と直接連絡を取り、自宅に戻れる時間をまた電話します」とのことでした。

主人が帰ってきたら、休んでもらう場所を用意しなくてはいけません。さっそく、自宅での遺体の安置場所を東側の玄関から入ってすぐの6畳の和室に決め、掃除をして待つことにしました。

14時近くになって、葬儀屋さんから、

「これから山武警察にご遺体を引き取りに行きます。死後処理をしてご自宅到着は16時ごろになります。警察を出発する時にまた、連絡します」

と連絡がありました。

主人が自宅に帰ってきたときには、16時を過ぎていました。

棺に入り、死後処置をしていただいた主人は、今にも目を開けて「ただいま」と言わんばかりでした。

すぐに納棺士の方が二人お見えになり、死に支度をしていただきました。

その顔、姿を見て、ますます悲しみがこみ上げてきます。涙が止まることなく、こんなに辛く、寂しく、切なく、そして……。

もちろん、子供たち、主人の兄弟、親戚の方々も同様だったでしょうが、言葉に言い表せないほどの悲しみでした。


その日は、主人の棺の脇に布団を敷いて眠ることにしました。

亡霊となり、夢枕に立ってくれたらいいのに。今までの愚痴と、感謝の気持ちを伝えよう――そう思ってひそかに期待しておりましたが、出てきてはくれませんでした。

この夜だけでなく、それから現在に至るまで、主人は一度も夢には出てきていません。

どうして出てこないのか、残念でなりません。一度でいいからその姿を見て、そして会話を交わしたいです。

今でも、もう一度会いたいな、会いたいな……と独り言を言っています。

翌日には、葬儀の打ち合わせがありました。葬儀屋アイホールさんと、通夜式と告別式の詳細を相談しました。スケジュールは、５日が通夜式、６日が告別式と決まりました。案内を親戚や知人、関係者に送る手配をし、祭壇・生花・花輪などは金額により段階があるというので、上から2番目の生花で包まれている祭壇を選びました。香典返しの数、会社関係の方のために別に受付を設けるかどうか、遺影の写真はどれにするか……等など、他にもいろいろと決めることがあり、あたふたしながら時間が過ぎていきました。

また、この地域では契約講と呼ばれるものが各町内にあって、葬儀の際にはご近所で助け合う習慣があります。そのための打ち合わせも必要でした。

町内の方々を自宅にお呼びして、葬儀の役割分担を決め、通夜から火葬場、告別式、そして終了後に故人を偲《しの》んで清めの振る舞いに至るまで、打ち合わせをしました。

さすがに最近は、時代の流れで、当地でもご近所の付き合いは薄れてきていると思います。思い返せば、神崎の祖母が亡くなったときには、まだ葬儀屋さんにお願いするのが一般的ではなく、近所の方が集まって、何から何まで準備をしてくださいました。料理なども、みんなで手伝ってこしらえて、振る舞ったものです。

私は、こうした地域の方々とのお付き合いはずっと主人に任せきりで、後からついていくような感じでしたから、「こんなふうに、みんなで集まって役割分担をしてやっていくんだ」と初めて知ることもたくさんありました。


他にも、やることはたくさんありました。私と娘は告別式に着物を着用します。そこで、着付けからヘアスタイルまでお願いできる美容院を探すのも大変でした。

旭の町中にある、親切な美容院ＣＯＭさんが引き受けてくださることになり、助かりました。

葬儀だけではなく、お墓の準備も心配なことのひとつでした。

主人は次男のため、まだお墓がありません。そもそも、お寺さんの檀家となって、初めてお墓を建てることができます。そのためにどんな手続きが必要なのかもよくわかりません。

ところが、この日、息子が神崎の父のお墓がある海宝寺さんというお寺と葬儀の段取りをしているときに、意外なことがわかりました。

十数年前に、主人が親と相談して、檀家となっていたというのです。

思い返してみると、いつもお墓参りにいくと、神崎家には二つのお墓があって、そのわきには、墓石はなく、塔婆だけが立っている場所がありました。

生前、神崎の父が、

「ここは、お前たちの墓なんだよ」

と言っていたことも思い出しました。

主人は、ちゃんと準備をしていたのです。

そのことがわかって、感謝の気持ちがわきましたし、心配していたお墓の問題が解決して、ひとまずほっとしました。


通夜式の前日になると、娘と孫が実家に戻ってきました。

小学校1年になる孫は、いつも主人（じぃじぃ）とお風呂に入り、じぃじぃに背中を洗ってもらったり、またじぃじぃの背中を洗ってあげたりしていました。

この日は、お風呂に入る段になって、娘が孫に言い聞かせているのが聞こえました。

「いつも一人でお風呂入っているでしょ。みんな忙しくて大変だから、自分でできるでしょ」

「うん、入るよ」

二人はそうやりとりしていました。

これからは、二度とじぃじぃとはお風呂に入れないと思うと、とてもかわいそうで、涙が出ました。

孫が寝て、娘と息子と深夜2時ごろまで、いろいろなことを話しました。

子供のとき、家族で旅行に行ったこと。娘のピアノの発表会のこと。運動会、お遊戯会、花火、遊園地、海水浴。息子がひきつけを起こして救急車に乗ったことや野球の全国大会で大分へ行ったこと。娘の弓道の大会で香取神宮までパパに送ってもらったこと。数えきれないほど、いっぱい、いっぱい……。

子供たちにはいつもお父さんがいました。どんなことを相談しても、いやがらずに聞き、答えてくれたパパに感謝の気持ちがあふれていました。

そうこうしているうちに、娘がパパの携帯電話を見ながら言いました。

「最後に携帯を使ったのは、いつなのかなあ」

娘が言うには、8月29日、主人に電話したときはすごく元気で「お母さんは食事会でいないので、近所の居酒屋にいるんだよ」と言っていたそうです。

また、電話をかけてきた娘に「何かあったのか」と聞き、娘は「何もないよ」と答えたそうです。

それから、26日の日曜日に、東大ホールで行われた孫の科学発表会のことを「よかった、成長したなあ、これからも楽しみだ」と上機嫌で話していたとのこと。

それが、父と娘の最後の会話でした。

携帯にはロックがかかっていました。娘は、「暗証番号さえわかれば」と言いながら、しばらく思いつく番号を入力し、あれこれ操作していました。

「あと5回、失敗したら、開かなくなる」

と言うので、さすがに無理かな……と思った瞬間のことです。

「お母さん大変。開いちゃった」

と娘が言いました。息子も私もびっくりです。

「何でわかったの？」

と私が聞くと、

「だって、お父さんのことだもの、たぶん暗証番号は自分にまつわるアルファベットの組み合わせだと思ったの」

と言っていました。さすが、我が娘だと感心しました。

私たち3人は、なぜかわくわくしながら携帯を開きました。

期待とは裏腹に、電話帳には家族、友人・会社関係の人の名前が並んでいて、驚くようなものはなにも見つかりません。

最後の通信記録はお掃除屋さんへの返信。改めてそういえばあの日は、エアコンの調子がいまいちだった。業者さんに見てもらうと言っていたっけ……と思い出しました。

今年の夏は異常な暑さだったから、最後まで家のことを心配していたんだなあ。そうと思うと、改めて、感謝がわいてくると同時にまたどこかやるせない気持ちもわいてきました。

私は気持ちをどうにかおさえ、明日の通夜式に備えて就寝しました。

翌日の通夜式は、10時に住職がお見えになり、自宅で最後のお別れをし、火葬場に向かう予定です。

９時ごろには義兄夫婦、義弟家族、従兄弟家族、そして町内の三役の方が４名、娘夫婦と娘の嫁ぎ先のご両親、私の母、私の妹家族がそろいました。

ほどなく住職もお見えになり、お経を上げていただき、一人ひとり順番に焼香しました。さらに、棺を6畳の間の中央に移動して、亡骸に、あらかじめ支度した生花を順番に置きます。

住職から、「ご生前に好んでいた飲み物を」と言われ、器を差し出されました。私はそこに主人が好きだった焼酎を注いで、渡しました。

身内から順番に、綿棒に焼酎をしみ込ませて、亡骸の口につけていきます。

「これが末期の水になるのだ」

と思いながら、私は主人の口をうるおしました。

その後、皆さんで合掌し、いよいよ棺に蓋をして釘《くぎ》を打つこととなります。これもみんなで順番に行い、最後は葬儀屋さんが釘を打ちこみ、合掌して、霊柩車《れいきゅうしゃ》に乗り込みます。

霊柩車には娘と息子、私が乗って遺影と仮の位牌を持ち、親戚や町内の方々は自家用車乗り合いで霊柩車の後を火葬場まで向かいます。

火葬場には、15分程度で到着しました。

ここでは、亡骸との最終的なお別れとなります。一段高く置かれた棺の前で２名ずつ焼香し、棺の顔の部分が開いているので、そこから亡骸に手を合わせます。

息子と二人で顔をのぞくと、なんだか主人は笑いかけてくれているように見えました。まるで、「なんだ、そんな顔をして。大丈夫だぞ」と言っているようです。

その顔を見ながら、「これからどうして生きていくのよ、私どうすればいいの」と思うと、体中の力が抜け、嗚咽とともに涙があふれよろめきかけました。

すかさず、横にいた息子が、私を支えてくれました。とっさに我に返り、妻、そして母として、「しっかりこの世で最後の主人を見送らなければ」と思いました。

いよいよ棺は焼却炉に入り、重い扉が閉められ、住職がお経を上げ、全員で合掌します。火がつけられると、ゴーという音が聞こえました。生前の姿はもう二度と見ることができないのだと、改めて実感しました。

1時間30分ほどだったでしょうか。

その間、お茶とお菓子が振る舞われ、故人の思い出話やら、ご近所のことなど話題には事欠かず、皆さんはお話をしていました。

娘の嫁ぎ先のお父様から、「残念だ、体調の変化に気づかなかったのか」と涙を流しながら言われ、「すみません、もう少し注意していれば……」と言葉になりませんでした。

私自身、なぜ、主人の体調の変化に気づかなかったのか、そのことは本当に無念でなりません。

今になって考えれば、その年の異常な夏の暑さに、主人の体調にも変化はあったように思われてきます。

主人の勤め先は化学メーカーで、薬品などを製造する工場での仕事です。私も、まったく自分が知らない分野の業種ということもあり、詳しいことはわからなかったのですが、

「40度近いカマのそばでの仕事だから、水分補給のために、500ミリリットルのお茶を今日は3本も飲んだよ」

といった話は聞いていました。

「そのせいかな、昨夜はトイレが近くて夜中に2回も起きたよ」

とも言っていました。また、

「なんだか気持ちが悪いんだ」

と言って、夜中に起きてきたこともありました。

「大丈夫なの」

と聞くと、主人はタバコを吸いながら、

「たいしたことないよ、食べ合わせが悪かったのかなあ」

「そう、私はなんでもないけれど。大丈夫?　気をつけてね」

「うん」

と、そのときは日常のたわいもない会話ですませていました。今思えば、なんでそのとき気が付かなかったのかなあ……と悔やまれてなりません。

そうこうしているうちに、火葬終了の連絡を受け、私たちは別室に通されました。骨だけになってしまった主人を見て、「ああ、こんなになっちゃった」と思う半面、

「これはパパじゃないよ」と思い、涙をこらえることができませんでした。

お骨は、二人一組で拾ってお骨箱に納めることになっています。これも息子といっしょに行いました。

全部のお骨を拾って箱に納めると、最後に故人の「のど仏」を、火葬担当の人から説明を受けてお骨箱に入れ、終了となります。

そこからは、マイクロバスに乗り込んで、火葬場に来た道とは違うルートで斎場に向かいました。

斎場に着いたときは、15時30分ごろになっていました。すでに、頼んでおいた祭壇と、親戚や会社関係の方々からいただいた生花やお茶、盛り籠などが配列されていました。外には、会社、友人、親戚と、故人と親しい方からの花輪が並んでいました。

受付は、相談した結果、仕事の関係者の方向けと、一般向けとに分けて設けられています。

17時、式が始まりました。

私たち家族、主人と関係の近い者が祭壇に向かって右側。そのほかの親族一同が左側に並び、式に来ていただいた方々をお迎えします。

住職がお経を上げはじめ、ゆかりの方々、娘や息子の知人、私の会社関係の方々、友人などが次々に焼香してくださる様子を見ていると、自然とこれまでのことが思い出されてきました。

主人と結婚してからここにいたるまでの歩みが、頭の中をかけめぐりはじめたのです。

第2章　私たちの出会い

東京都墨田《すみだ》区太平《たいへい》にある賛育会病院で、昭和28年（１９５３年）10月17日、神崎武《たけ》雄《お》誕生。

同じ病院でその３か月後、昭和29年（１９５４年）１月25日、徳江《のりえ》誕生。

昭和28年（１９５３年）は、終戦から８年後。この年は、ＮＨＫでテレビの本放送が始まった年です。

戦後の日本が、目覚ましい復興をとげていった時代です。

私たち二人は、同い年であるだけでなく、親同士が同じ職場で働き、社宅がとなり同士だったので、子供のころからいつもいっしょだったそうです。

母から、こんな話を聞いたことがあります。

「たけちゃん、私のおっぱいも吸ったのよ」

私の母は、母乳がよく出ました。一方、主人の母は母乳の出が悪かったものですから、主人にも飲ませたことがある、というのです。そのくらい、私と主人とは、子供時代に近い距離で育ったということになります。

と言っても、ごく小さいころ、5歳くらいまでで、記憶に残っていることはそれほどありません。でも、私の母から聞かされていた話がいくつかありました。

まだ、戦争が終わってから8年後ですから、いくら目覚ましい復興期とはいっても、日本が貧しかったのは当然です。特に庶民にとっては、まだまだ今日のようになんでも手に入る時代ではありませんでした。

ある日、母が近所を歩いていると、おもちゃ屋さんの前で道に仰向けになって手足をバタバタさせながら泣いている子供がいます。

「よく見ると、たけちゃんだったのよ」

おそらく、主人はどうしても欲しいおもちゃがあったのだと思いますが、神崎のお母さんは買ってあげることができなかったので手足をバタバタさせる息子のそばで、ずいぶん困っていた様子だった、と聞きました。

当時、放送が始まったばかりで、テレビは各家庭にはなく、テレビのあるお宅におじゃまして、近所の皆さんがいっしょにプロレスや相撲などを観戦した時代です。冷蔵庫といえば、氷屋さんに切ってもらった大きな氷を入れて冷やす冷蔵庫のことでしたし、洗濯機には手動で脱水するためのハンドルが付いていました。濡れた洗濯物を挟んで水を切るのです。

今では考えられないでしょうが、当時はまだそんな時代でした。

私の父親と主人の父親がいっしょに働いていたのは、亀戸《かめいど》にあった古物営業（古物商）の会社です。まだ「リサイクル」という言葉もなかった時代ですが、いろいろなものが復興のための貴重な資源として活用されていました。

たとえば、当時はまだ紙パックの牛乳はなく、牛乳といえばビンに入っていました。使用後はもちろん回収して再利用します。

それだけでなく、ビールビンや日本酒の一升ビンも回収していましたし、鉄くずなども集められて活用されていました。

私の父は、もともと国鉄の職員でしたが、戦後になってこの会社に勤めるようになり、そこに神崎の父も勤務していたのです。

職場は社宅のすぐ近くですから、子供のころの私は何度か父の仕事を見に行ったことがあります。

覚えているのは、回収してきた一升ビンをきれいに洗って、それを木の箱に6本ずつ詰めていた光景です。これを、買い取ってくれる問屋さんに持っていきます。

私たちが育ったのは、日本はまだ全体的に貧しかったけれども、なぜだか気持ちは明るい、そういう時代です。

なんとか戦争を生き延びた人たちが、助け合って生きていました。貧乏だったけれど、それが苦しいのではなく、社会が発展していくという楽しさがありました。そんな世の中だったように思います。

私の家ももちろん例外ではなく、冷蔵庫も扇風機もなかったですし、テレビは近所の家に見せてもらいに行っていました。我が家にテレビが来たのは、私が幼稚園のときだったと思います。

父は機械いじりが得意で、時計の調子が悪くなったときなど、自分で分解して整備するような人でした。テレビも映りが悪くなると、画面の後ろを開けて、ブラウン管をいじって直しては、「映りが良くなったね」などと言っていたのを思い出します。

着るものも、買うのではなく各家庭でつくることもよくありました。

母の妹は和裁が上手な人で、私は長女なので、たとえば正月用のアンサンブルの着物を作って着せてもらいました。翌年になると、同じ着物を真ん中の妹が着ます。そしてその次の年は下の妹。私はいつも新品だけれど、妹たちはいつもお下がりだったので、不満だったかもしれません。ですが、ものが貴重で、だから大切にする、という時代だったのです。

私が5歳のとき、主人の一家は千葉県旭市にある実家に戻りました。

神崎の両親が、地元で古物商を営む神崎商店を起こしたのです。

それから神崎家は、空きビン・鉄くず・アルミニウム・紙・雑誌等を回収しては仕分けして、東京の業者に持っていって売却して生計を立てていました。

春、夏、冬の休みになると、主人は両親の仕事の手伝いで東京に来ることもありました。私はまだ東京に住んでいましたから、その際に見かけては、「ははは、元気なんだ」「うん、元気だよ」というような声をかけ合っていました。

こうして、千葉と東京で私たちはそれぞれ成長し、時々は顔を合わせたり、たまに電話で話したりするくらいで、年月は過ぎていきました。


そうこうするうちに、私は大学生になりました。市川市《いちかわし》にある和洋女子大学に通いはじめて間もない、1年生の夏休みのことです。

大学で仲の良かった友達の一人は、検見川《けみがわ》にあった学生寮に住んでいました。彼女の実家は旭市。夏休みで実家に帰るので、「遊びに来たら」と誘われて、他の友だち二人とともに、1泊2日でご厄介になりにいくことになりました。

主人が引っ越したのは5歳のときのことでしたから、引越し先が千葉県の旭市だと知っていたわけではありません。神崎家が住み、商売を営んでいる場所だということを知らないまま、偶然、旭市に遊びに行ったのです。

友人は、旭の駅まで私たちを迎えに来てくれました。お兄さんが運転する車で、市内から銚子《ちょうし》のあたりまで回りました。

「神崎商店」と書かれたトラックとすれ違ったのは、その市内観光の途中でした。本当に偶然です。

トラックの荷台には、たくさんのビンが積まれています。

「あれって、もしかして……」

この小旅行から帰って、すぐに両親に「神崎商店」のトラックの話をすると、「それ、たけちゃんのうちよ」とのこと。

これがきっかけになって、しばらくしてから、家族で神崎家を訪問することになりました。父と母、妹と私とで、父の運転で旭市まで出かけました。

このとき、おそらく両親は仕事の話も兼ねていたのだと思います。神崎商店の仕事とはつながりがありましたから、なにかの商談でもあったのでしょう。

神崎家に着いて、久々に会ったたけちゃんは、白いTシャツにジーパンを穿《は》いて、ぴょんぴょんと跳ねるようにこちらへ歩いてきました。

たけちゃんは大学には行かず、すでに働いていました。

私が知っているたけちゃんは、子供のころのたけちゃんだけです。ですから、

「こんなに大きくなったんだなあ」

とは感じましたが、不思議と違和感はありませんでした。


「せっかくのりちゃんたちが来たんだから」

ということで、両親たちが仕事の話をしている間に、私と妹はたけちゃんの車に乗せてもらって、2時間ほど銚子や犬吠埼《いぬぼうざき》のほうまでドライブに連れていってもらったのを覚えています。

この日は日帰りで、また父の車で東京まで戻りました。父も車での遠出が大好きな人でした。

こうして、思いがけないことから神崎家との交流がまた始まりました。

その後、ある日主人から突然電話がかかってきます。それは、私が大学3年生にな

っていた、昭和50年（１９７５年）のことでした。

9月のなかば、秋風が吹きはじめるころです。

「のんちゃん、たけちゃんから電話よ」

母に言われて電話に出ると、聞きなれたたけちゃんの声です。

「元気か？　今度の日曜日、千葉まで買い物があるから、ちょっと付き合ってくれないか」

とのことでした。

私には、前回の銚子観光のお礼をしたいという気持ちもあったので、日曜日の10時に、千葉駅の改札口で待ち合わせをすることにしました。

幼なじみとはいえ、男性と二人で出かけることは初めてなので、心はワクワクと思うのと同時に、とてもソワソワしていました。

年頃だとは言っても、大学ではスキー部に入ってスキーに夢中でしたし、ほかにもやりたいことはたくさんあって、男性と交際するよりも、自分の好きなことに没頭していたころのことです。

当日は、お気に入りの紺の花柄ワンピースを着ていったと思います。

千葉駅には予定どおり10分前に到着し、改札口が待ち合わせ場所だったので、改札を出たのですが、たけちゃんが見当たりません。

きょろきょろしていますと、背後からポンと背中をたたかれ、振り向くと、たけちゃんでした。

私のイメージしていたたけちゃんとは違う、社会人として、りっぱに働いているひとりの青年が目の中に飛びこんできました。

「どうしたの、俺の前を素通りして」

「あっ、ごめん。人がいっぱいだったので、気がつかなくて」

そう答えましたが、本当に気づかなかったのです。

今思えば、誘われたことに舞い上がり、たけちゃんの顔すらよくわからない状態だったのだと思います。それに、少し前にいっしょにドライブをしたというものの、そのときにはまじまじと顔を見ていなかったのです。会うのが久しぶりだったとはいえ、「たけちゃんがそばにいる」ということは、私にとってごく自然なことで、改めて顔を見なかったのでしょう。

だから、私の中ではまだ、たけちゃんは子供のころにいっしょに遊んでいた、Tシャツと短パン姿のたけちゃんのままだったのだと思います。

とにかく、振り向いて顔を見たときには、「ハッ、この人がたけちゃんだっけ」と心の中で呟《つぶや》くほど、顔を忘れていました。本当に失礼してしまったと思います。向こうもびっくりしたことでしょう。

この日のたけちゃんは紺のストライプのワイシャツ、ジーパンが印象的でした。にこっと笑ったその顔は、とても優しく温かく、私も緊張したり飾ったりすることなく、おだやかな気持ちになれたことを思い出します。

その後、「ねぇ、買い物はどうするの」と聞くと、「少し早く到着したから、すませたよ」とのこと。車で来ていたので、旭市の神崎家まで案内してもらうことになりました。

車でのたわいもない会話の中で、自分を飾らずありのままでいられましたし、いっしょにいると心から安らげるような気がしたのは事実でした。

神崎家に到着すると、お母さんが迎えてくれました。

「のりちゃん久しぶり。お父さん、お母さんは変わりない？」

「はい、変わりありません」

そうお話しして、3歳のころ、新宿御苑《しんじゅくぎょえん》で二人並んで撮った写真を見たり、手をつないで遊んでいたことなど、思い出話をしたりしているうちに、あっという間に時間が過ぎました。

帰らなければいけない時間になって、旭の駅まで、たけちゃんが送ってくれました。

千葉行きの電車を待つ間、5分ほどあったでしょうか。

それは本当に突然でした。

たけちゃんから「結婚しよう」と言われ、私は「はい」と　自然に答えていました。

そう答えることに、なんの違和感もありませんでした。

返事をしてから、「あ、結婚するんだ」と思ったくらいです。

帰宅して、両親に「たけちゃんと結婚することになった」と話しました。両親は「え、そうなの？」とびっくりしていました。

あとで聞きましたら、神崎のお父さんとお母さんも同じような反応だったそうで、お母さんなどは「え、うそでしょ？」なんて言っていたそうです。

何年ぶりかで顔を合わせるようになって、どうしてすぐに結婚しようと思ったのか、主人が何を考えていたのかは、今となってはわかりません。

私が思うのは、普通の恋愛のように「難しいこと」はなかった、ということです。ひさびさに会っても、久しぶりのような気がしない。結婚するということになっても、とても自然な気がする。この人と結婚するのかな？　どうなのかな？　という迷いや、悩みを感じない。幼なじみだったころのまま、自然体でいられました。そのまま ごく自然にいっしょになろうと思えました。

こうして、私たちは、翌年の10月に結婚しました。

私はまだ大学4年生でした。結婚するのは卒業してからでもいいかな、と思いましたし、両親もそうするようにすすめてくれましたが、主人が「もう結婚しよう」というので、卒業を待たずにいっしょになりました。

突然、娘が結婚すると言い出して、あっという間に結婚してしまって、両親は複雑な思いもあったでしょう。

特に、私は長女ですから、本当は手元においておきたかったかもしれません。それでも反対しなかったのは、小さいころから知っているたけちゃんが相手だから、ということがあったのだと思います。

最後に家を出ていくとき、父は私の顔を見ませんでした。

自分が二人の子の親になった今では、「寂しかったんだな」とわかります。

結婚して旭市に引っ越し、そこから市川の和洋女子大に通う日々が始まりました。大学４年生ともなれば、残っているのは卒論くらいで、そんなに頻繁に大学に通う必要はありません。旭駅までは夫に車で送り迎えしてもらいながら通学しました。

同級生が在学中に急に結婚して、さぞ友人は驚いただろう、と思われるかもしれません。

しかし、私が通っていた和洋女子大の生活学科は、当時ひとクラスに40人くらいの学生がいましたが、多士済々、個性的で元気な学生がたくさんいたので、そう驚かれることもありませんでした。

中にはすでに結婚して何年も経っている年長の方が、改めて勉強をし直したいといって在籍していたり、高崎《たかさき》から通ってきている方もいました。

夏休み明け、明らかに顔が変わっている友達に「どうしたの?」と聞いたところ、「整形した」とあっさり答えられて驚いたこともありました。当時の整形は今よりもとても珍しいことでした。

また、アルバイトで、テレビの時代劇にエキストラで出ている友達もいました。

「明日の放送、格子の中に私がいるから見てね」

というので何のことだろうと思ったら、遊郭の女郎役を見事に演じていたこともありました。

大学の近くには、パーラーというのか、バニーガールが接客してくれるお店があって、あるとき先輩に連れていってもらったことがあります。

基本的には大人の男性がお酒を飲む場所なのでしょうが、私は「ジュースでいいです」と言って、おそるおそる周りを見回していたら、目の前で接客してくれたバニーガールも大学の先輩でした。フォークソングが流行し、「スター誕生」からアイドルが出現する、そんな時代でした。

私自身、知らない土地へひとりで嫁いでいく不安、といったものは感じてはいなかったように思います。なんといっても、小さいころから知っているたけちゃんの一家のところへ行くわけですから。

それに依存先が母から主人（そして神崎の両親）へ、と変わっただけのように思うのです。

私は小さいときはもちろん、大学生になってからも、かなり母親に依存している娘でした。買い物は母親といっしょに行く。スキーの合宿があれば最寄りの駅まで母親がついてくるといった具合です。

だから私には不安や戸惑いはありませんでしたが、その分、主人は苦労したのではないかと今になって思います。

新婚生活は、なにもかもわからない中で始まりました。

大学では食物学を専攻していたので、料理はひととおりできました。

ただ、主婦として献立を考えて、毎食毎食を用意していく、ということについては、経験がありませんでしたから、今思うとおかしなことがたくさんありました。

あるとき、ポテトサラダを作ったら、主人は「すごくおいしいね」と褒めてくれました。良かった、喜んでもらえた、と思った私は、それから1週間、ポテトサラダを作り続け、最終的には主人に「もういいよ」と言われてしまいました。

と言っても、主人はそれほどこだわったり、うるさいことを言ったりする人ではありませんから、私が作るごく普通の家庭料理を喜んで食べてくれました。

私がどれくらいものを知らなかったかというと、買い物にまつわるエピソードがあります。

大学は遠かったので、授業があった日には、旭駅まで帰ってくるのが6時半か7時くらいになります。車で迎えにきた主人に拾ってもらって、それから夕食の買い物でスーパーに向かいます。

最初に買い物に行ったときには、主人が店の入口にあるカゴを手にとって、

「これを持って、買い物をするんだよ」

と教えてくれました。

私は、スーパーでの買い物の仕方も知らなかった、というわけです。そのくらい、主人に依存していました。

ご近所との付き合いも、主人が一手に引き受けてくれました。

今でもそうなのですが、我が家で給湯器に灯油を補給してくださっている方はもと

もと主人の知り合いでしたし、庭の草取りをしてくださっている方もそうです。田舎では、単に業者の方に仕事を頼む、というだけではなくて、さまざまな場面で人とのつながりに助けられます。

東京から来て、何もわからない私を、地元の皆さんとつなげてくれたのも主人でした。

神崎の母も、広島から嫁いできて、東京での生活を経てこの地に根をおろした人でしたが、友達がたくさんいました。やはり、私をうまくご近所の人間関係の輪に招き入れてくれました。

おかげで、すぐにご近所の皆さんは、私に会うたび「のりちゃん元気？」「大丈夫？困っていることはない？」と気にかけてくれるようになりました。夫が亡くなってからも、「ちゃんと戸締まりしなさいよ」などとお気遣いをいただいています。

主人と神崎の両親が残してくれた人のご縁は、今でも私の財産として残っています。

こんなふうにして、特に苦労をすることもなかった新婚生活でしたが、それでも最初のうちは東京との違いにびっくりしたこともあります。

たとえば、夜の6時くらいには、あたりが真っ暗になってしまうこと。

東京の実家では、夕飯を食べた後に、「これから駅前に買い物に行くけれど、いっしょに行く?」と母に誘われることがよくありました。けれどもここでは、夕飯の後、9時くらいにはみんな寝てしまっているという生活です。

少しだけ、「すごいところへ来ちゃったな」と思いましたが、最初のうちにとまどったことと言えば、そのくらいでしょうか。


大学時代、私は教員を目指していて、教員免許も取得していました。

結婚したので教員への道はあきらめ、卒業後はしばらく家にいました。

最初は主人と二人で市営住宅での生活でしたが、神崎の両親はすぐそばにいて、何かと世話を焼いてくれました。

とはいえ、こちらにはまだ知り合いも少ないし、家にいるとどうしても社会とのつながりが薄くなってしまいます。そんな私を見て、「まだ子供もいないし、働いたほうがいいね」とすすめてくれたのは、神崎の両親でした。

最初に勤めたのは、近くの郵便局の貯金保険課でのアルバイト。次に、義父の紹介で小岩にある江東微生物研究所という会社の旭支店に勤めました。その後は近所の医院で事務のお手伝い。高校時代は商業系で、簿記や会計事務の勉強をしていたので、事務の仕事をいろいろとやりました。

その後、しばらく仕事を離れていたときに、今度は義母の伝手で新しい仕事を紹介されました。

神崎の母は着付けの教室をやっていて、ある会社の社長さんの奥様に着付けをたのまれて行っていました。そこで、

「いま、人が足りないのだけれど、だれかいい人はいない？」

「ちょうど、うちに遊んでいるのが一人いるから」

ということになり、その会社にお世話になることになりました。

そこが、今でも働いている栄進フーズです。

神崎の母は、実の娘のように私をかわいがってくれました。子供が生まれてからも働き続けることができたのは、義母が助けてくれたおかげでもあります。

料理もいろいろと教えてもらいました。お正月に食べる海藻の佃煮《つくだに》は、海藻に交じっている石をきれいにとって、醤油《しょうゆ》で味付けをするもので、義母から教わった思い出の味です。

義母が神崎家に入って産んだ子供はみな男の子。そのせいもあって私を実の娘のようにかわいがってくれたのだと思います。

義父には、義父の姉が広島の煉瓦《れんが》工場にお嫁にいった縁で、広島へ出稼ぎに行っていた時期があります。そこで、同じ職場に勤めていたのが義母だといいます。

広島から東京へ、そして千葉へと移って、だれも知り合いがいない中で暮らしていくのは、並大抵のことではなかったと思います。義母は自分が苦労したからこそ、私には優しくしてくれたのかもしれません。

おかげで、世間でよく言われる嫁姑関係の悩みはまったくありませんでした。自分はその点でも、とても幸せだったと思います。

私が働いているころに、おなかが大きくなったときも、神崎の母が「大丈夫、私が見られるから」と言ってくれたので、実家には帰らずに出産にのぞむことにしました。実家からは、産後に真ん中の妹が２週間くらい手伝いにきてくれました。最近では、子供を産んだあと、すぐに体を動かすのがいいと言われるようになっていますが、当時は「産後21日はぜったいに休まなければいけない」と言われていましたから、神崎の母と妹になにもかも世話をしてもらいました。

娘が誕生したのは、昭和54年（１９７９年）のことです。その6年後の昭和60年（１９８５年）に息子が誕生しました。

これを機に神崎家の土地をいただいて、そこに新しい家を建てました。かつては神崎商店で、回収してきたものを分別する作業場になっていた場所です。

家は平成23年（2011年）の震災の後に増築して、今でも私が住んでいます。主人と、娘と息子と、家族みんなの思い出が詰まった家です。

我が家は、ごくごく普通のサラリーマン家庭でした。

主人は高校を卒業後、隣町にある日華化学という会社に就職し、ずっとそこに勤めていました。

仕事について、詳しいことは私にはわかりません。化学会社で、工場に入って仕事をしていること。そこで扱っているのは界面活性剤がどうだとか、こうだとか。界面活性剤といえば洗剤を思い浮かべますが、服の色落ちを防ぐ薬品も作っていると聞いたことがあります。正直なところ、あまり興味もありませんでした。

後になって、会社へ主人の私物を取りに行ったとき、初めて主人の職場を目にしました。

想像していたよりも広い工場の中に入ると、主人がいつも仕事をしていた机がそこにありました。

「ああ、ここにいたんだ。ここで仕事をしていたんだ」と、元気に働く主人の姿が目に浮かぶようでした。

夫の会社はもともと福井の会社です。娘が生まれて数か月したころから、主人は１年ほど、福井の本社に単身赴任していたこともありました。そのときは、神崎の母がいっしょに住んで助けてくれました。

私が仕事に復帰してからは、義母に娘を預かってもらうことになりました。朝、仕事に行くときに連れていって預かってもらい、夜迎えにいくのです。

逆に、義母がうちに来て、私が帰るまで見ていてくれることもありました。

結婚10年目の日、私は主人に向けて手紙を書きました。郵便局のポストカプセル「20世紀の私から、21世紀のあなたへ」というサービスで、その手紙は16年後に私たちのもとに届きました。

昭和六十年九月十四日（土）

武雄さんへ

貴方と結婚してから早いもので十年目をむかえました。始めはなにもなかったですね。でも大変幸福でした。もちろん今も幸せです。

この十月中頃には新しい家にも移転できますし、また十二月には第二子も誕生します。大変いそがしい年になりましたが、いそがしいなりになんとなく充実した日々を送っています。

貴方も私も二十一世紀には大変年をとっているのでしょうね。でも、幸せである事には変わりないと思います。第二子は女の子でしょうか。それとも男の子でしょうか。その子も大きく育っている事でしょうね。大変たのしみです。

パパ健康には気を付けて下さいね！

本当に今年は充実していますね。なにもない所から、ここまで出来た事はやはり貴方の力強いリードがあったからだと思います。これからも貴方と共に残りの人生を歩んでゆく事でしょう。これからも私と子供達の事をよろしくお願いします。心から尊敬して愛しているパパへ！　たよりにしています。

徳江

６歳違いで二人目の子供を産んだあとも仕事をしていたので、とにかく二人の子供を育てるので精一杯だったという印象です。

そんな忙しい日々の中でも、主人が旅行好きでしたから、家族でいろいろなところへ出かけました。

前にも書きましたが、主人は車を運転して遠くまで出かけるのが大好きでしたので、自然と、家族旅行も自動車に乗っていくことがほとんどでした。

前日から準備して、出発するのは朝の４時、なんていうこともあり、そんなときは、寝ている子供たちを寝間着のまま車の後部座席に乗せて、毛布をかけて出発です。しばらく走っていると日が出てきます。

明るくなったら車の中で子供たちに着替えをさせ、一路新潟のスキー場へ、といった具合です。

主人の会社には本社のある福井出身の方が多いこともあって、まだ私たちに娘しかいないころから、スキー好きな人が集まって山形蔵王《ざおう》へ出かけることもありました。

前述したとおり、私も大学ではスキー部に所属するほど、スキーが好きでした。高校ではハンドボール部の顧問の先生が大のスキー好き。冬場になると部員たちをスキー合宿に連れていってくれて、ますます本格的にのめり込んでいました。

そんなこともあって、その後、息子が生まれてからも、スキーには頻繁に行きました。

といっても、スキー場へ行っても、主人はいつも「俺は雪見酒だ」といってあまりすべりませんでした。私はスキー、娘と息子はスノーボード、主人はお酒、という具合に、それぞれに楽しんでいたものです。

春にはお花見、夏には那須《なす》高原に、秋には袋田《ふくろだ》に紅葉、そして冬には越後湯沢《えちごゆざわ》にスキーに、というのが我が家の年中行事のようになっていました。

娘は中学校を卒業するまでピアノを続けていて、5月の母の日にはピアノの発表会がありました。

娘が高校生になると、息子は小学校4年生です。そのころから息子はリトル野球のチームに入り、主人も私も「野球づけ」と言っていいほど、毎週日曜日には応援に参加していました。

中学校の野球部では、県大会優勝、関東大会でも優勝、そして全国大会へ。主人と飛行機で大分まで応援に行きました。試合後には、チームで長崎のハウステンボスにも行って帰ってきました。

応援している私たちにとっても、とても楽しく、感動的で、有意義な時間でした。よい体験を与えてくれたと、息子に感謝しています。

そのころ、娘は高校では弓道部に所属し、高校時代を楽しく過ごしていました。

思い出すのは、何か困ったことがあると、いつもパパに相談していたことです。その後、学校を卒業として看護師となり、結婚し……と成長していった娘ですが、結婚後もなにかあるとパパに相談する、という習慣が抜けず継続していました。

父親としての主人は、とにかくまめでした。

あちこちへ旅行に連れていってくれたこともそうですが、娘と、途中から加わった息子とをピアノのレッスンに連れていってくれていたのも主人です。

ピアノの先生は主人の同級生で、近所に住んでいて、日曜日になると子供たちにひとり30分ずつ、計1時間のレッスンをしてくれました。主人が子供たちを連れていっている間に、私は家を片付けるのがいつものことでした。

また主人は、子供たちに信頼されていました。

娘だけではなく、息子も、何か悩んでいるときは私ではなく主人に相談していました。たとえば、就職のこと、転職のことなどで相談していたようです。

それだけに、いまだに娘も息子も、「なんだか、まだいるような気がする」と言います。30代で父親がいなくなってしまったのはかわいそうだと思います。

後から考えると、主人は、子供時代にいろいろな我慢をしたのだと思います。

後妻さんの子で、５歳からはおじいさん、おばあさんの元で、先妻のお子さんである兄、姉といっしょに暮らすことになりました。

そうした中で、子供らしくわがままを言えない場面もあったかもしれない、おもちゃ屋さんの前でひっくりかえって、手足をバタバタさせていた小さいころのようには過ごせなかったのかもしれない、と思います。

本人はそうした話をいっさいしなかったので、私の想像ではあるのですが。

だからそのぶん、自分の子供たちのことはしっかり見ていたし、自分の子供たちにはやりたいことをやらせてあげようとしていました。

私から見たら優しすぎるくらい、優しい父親であろうとしたように思えます。

最近、会社の同僚から聞いた話です。

その方には息子さんが二人いるといいます。もう大きくなって、それぞれが彼女を家に連れてくることもあるということなのですが、

「息子が彼女を連れてくると、自分の座る席がないんだよ」

ということでした。思わず笑ってしまいますが、年頃の子供たちと父親との関係と

いうのは、意外とそんなものなのかもしれません。我が家のような親子関係は珍しいのかも、と思いました。

子供たちにとって、優しくて信頼できる父親であった主人は、会社でも若い人たちに慕われていました。それを知ったのは、お通夜の前のことです。

遺体が家に戻ってきた後、主人の勤め先から、かなりの人数の若い人たちがお線香を上げに来てくださいました。

口々におっしゃっていたのは、

「神崎さんにいろんな相談をしました」

「いいアドバイスをいただきました」

「とても信頼できる方でした。ありがとうございます」

といったことでした。

そうだったんだ、会社でもみんなに優しくて、信頼されていたんだ――そう思うと、涙が出てきました。

第3章　主人が築きあげた家族

娘は高校卒業後、看護学校へ進学し、看護師になりました。旭中央病院のオペ室に勤務しているときに、研修医だった娘婿と出会い結婚。現在は東京で、看護師として働いています。

息子は千葉の大学に進学し、卒業後は大手農機具会社に入りました。

子供たちが巣立ち、私たち夫婦も60歳を過ぎました。

60歳になったら仕事はやめようかとも思っていましたが、実際にこの歳になってみると、まだまだ二人とも元気でした。

主人の広島の叔父が、勤めていた会社を退職してから、78歳になってもまだ働いているということもあって、「まだまだ働けるね」ということになり、私たちは二人とも仕事を続けていました。

とはいえ、仕事ばかりではなく、これからは主人と二人で、今まで以上に旅をしながら、楽しい時間を過ごしていこうとも話していました。

旅行は、主人の唯一の趣味だったと言っていいと思います。

一人で気ままに旅に出る、というようなことはなく、いつも私たち家族を連れていってくれました。それ以外には、ぜいたくをするわけでもなく、何かを欲しがるということもありませんでした。

家族を車に乗せて旅行に行くことが大好きでした。電車で旅行したのは、冬の盛岡《もりおか》に行ったときくらいだったと思います。

冬の寒い時期には、道路が凍っていたりして危ないので旅行は控えめになり、春先になって暖かくなってくると「さあ、行こうか」というのが毎年のことでした。

毎年、桜が咲く季節には、必ずお花見をしました。

自宅の近くには、袋《ふくろ》公園があります。池のまわりに桜の木が500本近く植えてあって、この季節になると、毎日のように車でそばを通るだけでも楽しみでした。

日曜日に、主人といっしょに食材を買いにスーパーへ行くついでに、ちょっと足を延ばして佐原《さわら》の香取神宮の桜を見に行くこともありました。

こちらも見事な桜で、神宮にも参拝して、参道で厄落としだんごを買うのが楽しみでした。

東京の千駄木《せんだぎ》に住んでいる娘夫婦と孫といっしょに、上野《うえの》公園の桜を見に行ったことも思い出します。


亡くなる1年前の秋、主人と二人で栃木県の湯西川《ゆにしがわ》温泉にある平家の里に行ったときのことも、強く印象に残っています。

自宅から高速北関東自動車道、宇都宮《うつのみや》を経て、東北自動車道を日光《にっこう》で降り、湯西川に向かいます。

最後の長いトンネルを抜けると、別世界に来たかのように、見渡す限り紅葉で真っ赤でした。

こんな光景を見たのは初めてだったので、思わず二人で顔を見合わせました。

まるで、タイムスリップしたかと感じるくらい、一瞬で別世界に連れてこられたような感動がありました。

帰り際、主人は泊まったホテルの方に「来年もまた来ます」と言っていました。私もまたあの景色を見たいと思っていましたし、できればもう一度、二人で行きたかった場所の一つです。


親戚を訪ねて、広島に旅行したのは平成27年（２０１５年）10月のことでした。休暇を利用して、主人と私、息子の３人での訪問です。

このときは、さすがに成田空港からＬＣＣを利用して広島空港まで飛びましたが、空港でレンタカーを借り、そこからは主人の運転で向かいました。その後、宮島《みやじま》に渡るときにもカーフェリーを利用しました。

広島の呉《くれ》には、神﨑の母の妹が住んでいます。

叔母と待ち合わせした百貨店に着くと、主人は、あたりをキョロキョロしながら「いないなぁ」と探していました。

そして、おもむろに携帯電話をポケットから出し、番号をプッシュしました。押し終わると同時に、すぐ横に腰かけていた方の携帯電話から着信音が流れました。

主人はもちろんのこと、息子も私も、いっせいにその方を見ました。

「なんだぁ、武雄」

「あっ、律子《りつこ》叔母さん」

二人は顔を見合わせ大笑いです。私も息子も爆笑でした。

叔母さんは、亡くなった義母にうり二つ。話し方からしぐさまでそっくり。まるで、義母に会っているようでした。

叔母いわく、神崎の母は若いころ「〇〇小町」と呼ばれた、近所でも評判の美人だったそうです。

「私なんか、似ても似つかない」

と叔母は言うのですが、私はかわいがってくれた義母に再会できたようで、話しながら心が和みました。

主人と同じく、義母も自分の苦労については語らない人でした。

叔母の話してくれるエピソードの端々には、故郷を遠く離れて嫁いだ義母の苦労を偲ばせるニュアンスがうかがえました。改めて、気の利かない私に優しく接し、いろいろなことを教えてくれた神﨑の母のありがたさが身にしみました。

主人も息子も、きっと亡くなった神﨑の母の面影を感じていたのではないかと思います。

2、3年後には、もう一度叔母さんに会いに行こうと計画を立てていました。主人は二度と会うことができないと思うと、残念です。

そんなことを考えていると、また涙が出てきてしまいます。

主人が第一に考えたことは、家族を大切にしたいということだったと思います。いつでも家族を楽しませたいと考え、家族といっしょに旅行に行くことが、本人にとっても何よりの楽しみだったのでしょう。

ただ一方で、主人は自分の世界を持っている人でもありました。

血液型がB型だから、なのかもしれません。これはあくまでも、私の主観です。

思い出されるのは、私が髪を切りに行くたびに繰り返された、ちょっとした習慣のことです。

私は、成田のショッピングモールの中にある美容室でいつも髪を切っています。

美容室に行ってから日数が経ち髪の毛が伸びてくると、主人は、

「そろそろ美容室、予約しなくていいの？」

と聞いてくることがありました。

こんなとき、私は「観たい映画があるんだな」と察して、美容室の予約を入れたものです。

いっしょに成田のショッピングモールまで行って、私が髪を切ってもらっている間、主人はモール内にある映画館で、観たい映画をひとりで楽しむのです。

いつもお願いしている美容室の先生もこのことを知っていて、

「ご主人、また映画観てるの？　幸せだわねえ」

なんて言われたこともあります。

自分の時間も大切にしながら、私のことも気遣ってくれたのが、いかにも主人らしかったと思います。

最後に旅行をしたのは、平成30年（２０１８年）７月15日、16日の西伊豆《にしいず》旅行でした。

主人の友達で、個人で観光業をやっている方がおり、「この時期なら西伊豆あたりがいいんじゃないか」とすすめられたのがきっかけです。

「西伊豆に行くぞ」と言われれば、私はどこへでも喜んでついていくほうなので、異論はありません。

この年の夏は記録的な猛暑で、連日40度近くまで気温が上昇していました。

主人も私も夏バテ気味でしたが、その日は朝５時に自宅を出発。途中でコンビニに寄り、おにぎり、サンドイッチと飲み物などを買い込みました。高速圏央道大栄《たいえい》から東名高速に入り、足柄《あしがら》パーキングで一回目の休憩。ここで、暑いさなかに食べたソフトクリームの冷たさを今でも覚えています。

次は三嶋《みしま》大社に寄るため、沼津《ぬまづ》インターで降りました。

大社の駐車場は大変混んでいました。というのも、その日は毎年恒例の八坂《やさか》大神神輿渡御祭の日だったからです。

祭式を二人で見学しながら、土産物屋をのぞいて、早々に引き上げ、東名高速から目的地の西伊豆へ向かいました。

沼津インターで降り、修善寺《しゅぜんじ》の山の中を抜けると、眼下に駿河《するが》湾が見えてきました。

その日もとても暑かったので、異常なくらいの水分補給をした私は、トイレに行きたくなりました。コンビニを探したのですが、なかなか見つかりませんでした。

「この先に恋人《こいびと》岬があるけれど、寄っていくか」

と主人が言うので、藁《わら》をもつかむ思いで「うん」と答えました。

用を済ませて戻ると、主人は店の方と楽しそうに話をしていました。どんな内容の話をしていたのかは、わかりませんでした。

考えてみると、いつも主人は旅先で出会った人に話しかけていました。

「そんなこと、わざわざ人に聞かなくても、ネットで調べればすぐにわかるのに」

と思ったことが何度もありましたが、必ず知らない人に声をかけて、雑談も交えて、楽しそうに会話しているのです。

人と話すことが大好きだったのだと思います。

今になって考えれば、何でもスマホですぐ用が足りてしまう時代だからこそ、目と目を合わせて人と話すことが大切だと、改めて教えられるような気がします。


このとき、偶然訪れることになった恋人岬は、その名のとおり、多くのカップルが集まる名所でした。

二人で鳴らすと、愛が永遠に続くという鐘があったり、恋愛成就を願った絵馬がたくさんかけられていたり。

ここを訪れた「恋人」たちの痕跡がいっぱいありました。

この年になって、恋人岬はないだろうに……と、気恥ずかしかったことが思い出されます。

西伊豆では、三四郎というホテルに泊まりました。翌日は、車中で子供たちのこと、これから65歳を迎えるにあたって、今後の働き方、そして老後のことなどを話しながら帰路につきました。

昭和60年（1985年）に生まれた息子が、平成16年（2004年）に大学に入って船橋《ふなばし》に出ていった後は、私と主人の二人暮らしになりました。

といっても、私は東京に実家がありますし、娘のところにも、息子のところにも会いに行きたいので、休みごとに二人でよく出かけていきました。

私の仕事が日曜日だけは休みなので、月に4日の休みは、娘のところ、母のところ、息子のところ、と順番に訪れて、あと1日は家の片付けと買い物、という生活がずっと続いていました。

出かけるときには、いつも夫が車を運転して連れていってくれました。

私がしばらく母に連絡をとらないでいると、

「東京のお母さんのところに行かなくていいの？」

と主人のほうから気遣ってくれることもよくありました。

それにくわえて、主人は土曜日も休みでしたので、時々は私も休みをとって、旅行にも行っていたわけです。

たしかに忙しかったといえば忙しかったのですが、まだ若かったからなんともなかったように思います。

家事は、二人で分担していました。

主人は、料理はできませんが、洗濯や掃除機かけはできました。

最初からできたわけではなかったのでしょうが、前に書いたとおり、私は新婚のころは何もできない奥さんでしたし、その後もずっと働きつづけていました。必要に迫られて家事をやるうちに、いろいろなことが身についたのだと思います。

毎日、私が仕事から帰ってくると、主人のほうが先に帰宅しています。

すでに部屋着に着替えて、自分の洗濯物は洗濯機に入れてしまっているので、

「それ、早く着替えて、着替えて」

と私を急かしてきます。私のほうも、

「それ、ちゃんとネットに入れて洗ってくださいね」

などと注文をつけると、ちゃんとネットに入れて洗濯機を回してくれました。

こうして主人が洗濯をしている間に、私が食事の支度をするのです。

今では、どこのご夫婦でも、当たり前のように男性も家事をするようになったと思います。

私たちの親の時代は、女が家を守るのが当然のことでした。私の世代でも、まだ家事をする男性はそれほど多くはありませんでした。

そんな中で、当たり前のように家事を分担してくれるようになった主人には感謝しています。

ちなみに、娘婿は家事が得意ではなかったようで、娘から、

「パパはいろんなことできたけど、たけしさんは家事ができない」

と聞かされたこともありました。

「外科医なんだから、できなくても仕方ないわよ」

と弁護しておきましたが、娘が二人目の子を妊娠したのをきっかけに、娘婿も家事を習得しつつあるということです。たけしさん、ご苦労様です。

夫婦ですから、時にはけんかをすることもありました。

私の仕事は経理なので、お金を預かる仕事ならではのストレスは避けられません。それがたまってくると、どこにもぶつけどころがなくなって、イライラしやすくなってきます。

くだらない、本当にささいなことで主人に文句を言ってしまうのは、だいたいそんなときだったと思います。

たとえば、主人が庭にいる犬に餌《えさ》をあげて、その後、洗面所で手を洗います。しばらくして私が洗面所に行くと、汚くなっています。

「きれいにしておいてくださいね」

と言うと、主人は「うんうん」と返事をするのですが、翌日、また同じように汚れていたりします。

そうかと思うと、今度は庭で草取りをして、汚れた足のままで上がってきて床を汚したりもします。

これが何度か続くと、私は「うわーーっ」となってしまうのです。

そんなときは、夜になって、主人が2階の寝室のベッドで先に寝ているところに、私が階段を駆け上がっていって、寝ている主人を揺り起こし、さんざん文句を言ってしまうのです。

そうなると、主人はいつも黙って私の文句を聞いています。そして、ある程度のところで、布団を頭からかぶって、「あー、うるさいねえ」とか「もう、いいかげんにして」などと言うのです。

こうなると、私もハッとします。「もう、これ以上言ってはいけない」と気づいて、口を閉じるのです。

こうして、ひととおり文句を言ってしまえば、翌日にはスッキリしているのがいつものことでした。主人はわかっていたのでしょう。

後には何のわだかまりも残りません。私たちがするけんかといえば、その程度のもの。本当に、今考えると、原因はくだらないことばかりでした。

とはいえ、家族を大切にするというのは、こうした日常のなんでもないことでお互いに気を配ることなのだと思います。

もちろん、完璧にできなくて相手を苛立たせることもあるでしょう。そういうときはけんかもするでしょう。でも、翌日には仲直りして、またいっしょに日々を過ごしていく。そんななんでもない繰り返しが、本当の幸せなのだと思います。


主人は、毎日晩酌をするのが習慣でした。

若いころは本当に弱くて、ちょっと飲んだだけで真っ赤になってしまうほどでしたから、決してお酒好きではありませんでした。

ですが、年を経るにつれ、お付き合いなどもあって、徐々に飲めるようになっていきました。

いつも飲んでいたのは、焼酎のロックです。

娘は、主人の体を心配して、

「水割りでもなんでもいいから、とにかく薄めて飲んで」

と言っていましたが、どうしてもロックで飲むのが好きだったようです。

いわく、「お酒の中で一番害がないのは焼酎」だそうで、本人はそれなりに体に気をつかっていたのかもしれません。

休日に息子のところに遊びに行くと、近くにあるおいしい料理屋さんを予約してくれていることがありました。

せっかくだから、こんなときこそ、息子といっしょに大好きなお酒を飲めばいいと思うのですが、主人は決してお酒を口にしませんでした。帰りの運転があるからです。

「帰りは私が運転するから大丈夫よ」

と言っても、黙ってコーラを飲んでいるのでした。

私は、本当にいい夫を持って、恵まれていたと思います。

主人は家の中で威張るようなこともありませんでしたし、いつでもおだやかな人でした。優しい父親だったからこそ、娘も息子も主人の言うことはよく聞きました。優しいけれど、重みのある父親だったと思います。

道楽などにはまったく興味がなかった主人の、唯一の宝物が家族だったのでしょう。

自分が子供だったころに感じたいろいろなことを、主人はあまり口には出しませんでした。

5歳で東京から旭へ引っ越してきて、幼稚園に行くことができなかったので、5歳、6歳と友達がいなかったことや、父親の仕事について行ったり、一人遊びをしていたことなどを何気なく話してくれたとき、その横顔が寂しげに見えたような気もしました。

主人には弟が二人います。すぐ下の弟は、20歳を前にして心臓弁膜症で亡くなっています。

亡くなる直前、病床で弟は「あんちゃん、あんちゃん、あそこにあるテープレコーダーほしい」と言ったそうです。主人は弟の棺に、いっしょにテープレコーダーを入れてあげたそうです。

私が知っているのは、5歳までの主人と、もう立派な青年になってからの主人だけです。その間、私が知らない時代には、なに不自由なく育った私には考えもつかないほど、寂しく、悲しい思いをしたこともあったに違いありません。

大人になる過程で、いろいろな悲しみがあったからこそ、自分が家族を持ったときには、できるかぎり大切にしたいと思った、そんな主人が作り上げてくれたのが、私たちの家族だったと思います。

時には悩むこともあったでしょうが、それを家族に漏らすこともありませんでした。きっと、悩みはだれかに相談するというよりも、自分の中で解決するタイプだったのだと思います。人と話すのが好きだったのも、主人なりのストレス解消法だったのかもしれません。

そうやって、最後まで明るく優しい夫、そして父親でいてくれました。

改めて、感謝の気持ちがこみ上げてきます。

第4章　生きていく

会場では、焼香が続いていました。たくさんの方々が、主人のために集まり、手を合わせてくださっていました。

皆さん、それぞれに主人とは縁が深く、思い出もあり、どの顔を見てもこみ上げてくるものがありました。

中でも、特に脳裏に焼き付いているのは、親友の鈴木さんです。

鈴木さんは私の肩に手を置き、言葉をかけようとしていましたが、それが声になることはありませんでした。

通夜式が終盤になると、親戚と身近な方々に食事をしていただき、19時30分ごろには、式が終了し、自宅までは、葬儀屋さんのマイクロバスで送っていただきました。

ほっとひと息をつく間もないまま、明日はいよいよ告別式です。

娘婿と孫は町のホテルに宿泊し、私と娘・息子と3人で、その夜も主人のことを明け方まで回想し、話しながら就寝しました。

翌朝は、私と娘は、美容室に6時前までに行かなければなりません。通夜式は洋服でしたが、告別式には着物を着ることになっていました。5時に起きて家を出て美容院へ向かい、娘と二人で身支度を終えて自宅に戻ったのは8時半過ぎでした。

いよいよ、11時から告別式です。

10時に、葬儀屋さんのマイクロバスが自宅まで迎えに来てくださり、息子、娘と3人で斎場に向かいました。斎場に到着すると、すでに、親戚の皆さんがそれぞれの車で到着していました。

通夜式同様、焼香してくださる故人所縁の方々を迎えるために、さまざまな準備が整うと、海宝寺のご住職と、もう一人のお坊さんが入場されて、式は始まりました。お経は故人の生誕から死去までの経緯などを織り込んで、淡々と上げられていきました。

そして、特別焼香として、主人の会社の代表と、私の会社の代表が最初に。引き続いて、故人所縁の方々の焼香となり、それが終わると、いよいよ納骨へということになります。

主人が用意しておいてくれたお墓には、私たち家族のための墓石はまだありません。それは、四十九日までに用意することになっていました。

そこで、この日は、遺影、遺骨、位牌を家族が持ち、その後に親戚や所縁の方々が続き、斎場の中から外へ一度出て、納骨を終了した形式をとりました。

その後の忌中払い（清め）を終え、葬儀屋さんのマイクロバスで帰宅です。遺影、遺骨、位牌を持ち、自宅まで娘、息子と私の三人を送っていただくと、2日間の葬儀のすべてが終了となりました。

娘と私は、自宅に到着すると、すぐに着物から洋服に着替えました。少しゆっくりできればよかったのですが、すぐに娘一家は東京の自宅へ帰っていきました。孫の学校があるからです。

この夜は、息子と枕を並べて就寝することになりました。

昨夜もろくに眠っていないというのに、私はなかなか寝つくことができませんでした。


葬儀は無事に終わりましたが、お墓はまだできていません。四十九日までには、どうしても墓石を建てなければいけませんし、仏壇も用意しなくてはいけませんでした。ここからしばらく、また慌ただしい日々が続きました。

幸い、息子が長い休暇をとってくれて、さまざまな手配を手伝ってくれました。

息子は、ひとまず9月20日までにやらなければいけないことを箇条書きにして、私と分担してやることを一日一日のスケジュールに割り振ってくれました。

ある程度、休暇は取れるとはいっても、二人とも現役の会社員ですから、限られた日にちの中で動かなければいけないからです。


ともかく、仏壇・墓石だけは、四十九日の納骨までには間に合わせたかったので、まずは葬儀をお願いしたアイホールさんに仏壇屋さんと墓石屋さんを紹介していただきました。

仏壇も墓石も、いろいろなものがありますし、当然お値段との兼ね合いもありますから、簡単に選ぶわけにはいきません。

そもそも、我が家には仏壇を置く仏間がありませんでした。どの部屋を仏間にするかから考える必要がありましたし、仏壇が入るように部屋の改造も必要でした。

さいわい、仏壇設置についてはアネスト花香さん、墓石は飯岡《いいおか》にある斎藤石材さんにお願いし、急いで準備をすすめていただくことができました。

ただ、墓石用の石はちょうど国内に在庫がなかったそうで、中国の業者に制作を発注して、できあがったら船便で日本に輸送するということでした。秋口という季節柄、台風にでも出くわすと、納期が遅れるのは避けられません。

ちゃんと四十九日までに届くのか、大げさなようですが、到着を待つ間は、息子も私も生きた心地がしないほど、あわただしい日々でした。

結局、四十九日の2日前に仏壇・墓石は完成し、しかるべきところに収まりましたので、無事に納骨の儀を迎えることができました。

当日、親戚一同は9時から9時30分までに集まり、住職さんは10時にお見えになりました。

まずは、仏壇に魂を入れ込む儀式を行い、その後はお墓に行って、納骨の儀をとり行います。

終了したのは、11時30分前後だったでしょうか。

集まった身内の者で、近くの料理屋さんで食事をしました。いつまでも思い出話は尽きず、会食は3時くらいまで続きました。

息子といっしょに帰宅すると、ここひと月ほどの忙しさで疲れが出たのでしょうか、二人そろってまだ日のあるうちから眠ってしまいました。

目が覚めると、外は真っ暗。時計を見ると、7時を過ぎています。

「ああ、寝てしまったんだ」

と気づき、そうだ、無事に四十九日も終わった……と改めてホッとした気持ちになると同時に、こみ上げてきたのは寂しさでした。知らず知らず、涙があふれ出てきて、止まりませんでした。なんでこんなに涙が出るのかしら、と思うほどでした。

こうして、無事に主人を見送ることができて、これまでとは少し違う、新しい日常生活が始まりました。

毎日会社に通いながら改めて思ったことは、

「仕事をしていてよかった」

「仕事をしていなかったら、どうなっちゃったのかな」

ということです。

毎朝支度をして、会社に行く、という生活がなかったら。

忙しく仕事に没頭する時間がなかったら。

もしかすると、今でも一日中ぼんやりしたり、泣いたりして過ごしていたかもしれない、と思ったのです。

もともと、神崎の両親にすすめられたのをきっかけに、私は仕事を始め、結婚後も子供たちを育てながらも仕事を続けてきました。それによって社会とのつながりを持つことができ、辛いときにも自分を支えるよりどころとなってくれたのは、ありがたいことだと思います。

ずっと働いていた私を見ていたせいでしょうか。今は東京で暮らしている娘も、子供が生まれてからも看護師の仕事を続ける道を選んでいます。

葬儀の前後、いろいろなことを手伝ってくれた息子とは、話す時間が増えました。その中で、息子には心境の変化があったようです。

ある日、息子は「自分も結婚を考える」と言いだしました。

それまでの息子は、「音楽をやりたいから、結婚はしない」と言っていました。高校で野球をやめてからは、友達と組んだバンドに夢中になり、社会人になってからも活動を続けていたのです。当時は、お付き合いをしている方もいませんでした。

その息子が、主人が亡くなって考えたというのです。

「おやじは、こんなにたくさんの人に見送られて旅立つことができた。自分は末っ子だし、もしこのまま結婚しなければ、最後はたった一人になってしまう。だから、自分も家族を持とうと思う」

それを聞いて、「じゃあ、いい出会いがあればね」と返したのですが、ほどなく息子は、本当にいいご縁に恵まれ、結婚することになりました。

思いがけないうれしい知らせでした。

ちなみに息子は、娘とはちょっと考えが違っていて、自分の奥さんにはあまり働いてほしくないそうです。もしかすると、私が働いていたことで少し寂しかったこともあったのかな、と思います。

そんな息子と話していて、驚いたことがありました。

主人と私の最後の旅行になった、西伊豆への旅の思い出を話していたときのことです。

西伊豆と聞いて、息子は「えっ、お母さん、嘘《うそ》だろう?」と驚きました。

私たちの最後の旅行先が西伊豆だったと聞いて、息子が驚いた理由は、他でもありません。今ではお嫁さんになっている彼女と、令和1年（2019年）の夏に初めて旅行したのが、西伊豆だったというのです。

それどころか、泊まったホテルも同じく三四郎。

「恋人岬にも行ったよ」と言うのです。

私たちが旅したのと同じルートを、偶然にも1年後、息子たちがたどっていたと聞き、驚くとともに運命を感じずにはいられませんでした。


実は、息子はもうひとつ、不思議な体験をしています。

主人が亡くなった日のことです。息子が会社で仕事をしていたら、急にパソコンの画面が真っ暗になってしまった、というのです。

故障か、配線の問題かと思って、周りの同僚に「パソコン大丈夫ですか?」と聞いても、「こっちはなんともないよ。神崎君のパソコンがおかしいんじゃないの?」とのこと。そうこうしているうちに、また画面はパッともとに戻ったそうです。

私から、急を知らせる電話が入ったのは、その直後のことだったといいます。

「不思議なんだよな。おやじが知らせてきたのかな」

たしかに、話を聞くと、パソコンの画面が消えたのは、ちょうど主人が意識を失ったくらいの時間にあたります。

虫の知らせとよく言いますが、もしかしたら、本当に主人が息子に何かを伝えようとしたのかもしれない……そんなことを思いました。


ひとりの生活になると、ぼんやりと考えごとをする時間が増えます。

たとえば、お風呂に入っているときなどは、主人にまつわる記憶や感情が、いろいろと頭に浮かんできます。

それは、たとえば後悔の気持ちです。

「もっと大切にすればよかった」

「仕事にかまけていないで、もっとよく見ていてあげればよかった」

娘は「そんなことはない」と言ってくれるのですが、どうしても、主人の身体をもっと気づかってあげるべきだった、と思えてしまいます。

「そういえば、亡くなる少し前に近所の回転寿司屋さんに行ったとき、『焼酎を飲んでいい？』と聞かれて、『どうぞどうぞ、帰りは私が運転するから』と言ったのに、一杯しか飲んでいなかった。『なんだかお腹いっぱいなんだよね』と言っていたけれど、あのときはもう、少し調子が悪かったのかもしれない」

ついつい、そんなことを考えてしまうのです。

主人は、血圧が少し高いくらいで、特に悪いところはなかっただけに、気づいてあげられたら……という残念さをどうしても感じてしまいます。


二人で暮らしてきたこの家には、もう主人がいません。

同じ道のりを歩んできた主人がいません。

一人で暮らしていると、改めて、いるべき人がいない寂しさ、悲しさ、辛さを感じます。それは、時に言葉に表すことができないほどの思いです。

朝、「行ってきます」と家を出たきり、夕方には帰らぬ人となり、最後の言葉すらかわすことなく、死んでしまったのですから。

しかし夫婦には、いつかお別れしなければならない時が来るものです。私のように突然でも、長く看病したのちに亡くなっても、悲しみは同じです。二人で生きていられる時間は限られていても、この世に生を受け、縁あって結ばれたのですから、お互いに思いやり、仲良く笑って同じ時を共有することが一番の幸せだと、つくづく身にしみる毎日です。

買い物に行っても、運転中、赤信号で車を止めたときにも、ふと主人がどこかにいるような気がして、周りを見ながら探している自分がいます。「この服、パパの好きな色とデザインだ。似合いそうだな」と思ったり、「この料理、パパが好きだった。いっしょに食べたかった」と思ったり。

そんなことは数え切れないくらいあります。

我が家の玄関ドアの脇、ポストの前には、灰皿が置いてあります。

娘が生まれて、気管支が弱いとわかったのをきっかけに、主人はタバコを換気扇の下で吸うか、外で吸うようになりました。この玄関脇の灰皿を置いてあるスペースが、主人の喫煙所でした。

私が仕事を終えて車で帰ってくると、いつもポストの前で主人がタバコを吸っています。

車を降りて、「ただいま」と言うと、

「ああ、おつかれ」

と声が返ってきます。

今となっては、そろそろ私が帰ってくるなという時間には、一服しながら帰りを待っていてくれたのかな……とも思います。亡くなると、いいところばかり見えるようになってしまうのかもしれませんが。

夏場は短パンとシャツというかっこうでこの我が家の喫煙所にいるので、道路から

その姿が丸見えになります。ときどき会社の人から、

「神崎さんの旦那さん、見たわよ」

と言われるので、

「恥ずかしいから、もうちょっとちゃんとした格好をして！」

と文句を言ったこともあったのに、と懐かしく思い出したりもしました。


葬儀を終えた秋から、季節は冬へと移っていき、日が暮れるのも早くなってきます。だれもいない、電気が消えた家に帰るのはこれまでにない経験でした。

それが寂しくて、辛くて、いつでも家中の電気を全部つけておくようにしたこともありました。

近所の人は「神崎さんのところ、電気いつもついてるね」と不思議がりました。電気代は月に3万円ほどにもなりました。

もう一度、生まれ変わることができたら、また主人と結婚して、今度は白髪になる

までいっしょにいたい。私はそう思いました。

いつかはお別れすると決まっていても、もう少しでも共有できる時間が長かったら、私にとってはもっと幸せでした。

二人の子供も、30代で父親を亡くすことは、とても寂しく悲しく辛いことだったと思います。これから先、様々な悩みや迷いに遭遇したとき、相談できる父親がいないのです。

息子は、そんな私を見て、

「もうこの世にいないのだから、いつまでも引きずるな。早く自分なりの生き方を見つけるべきだ」

そう言われたときには、

「子供たちに、この空しさ、そして悲しみなんか、わかるはずはないのに」

と心の中で呟いていました。

後になって、息子の言うことに頷《うなず》けるような気がしてきました。

息子も心配だから、そう言ってくれるのでしょうし、そして自分自身に言い聞かせていたのだとも思います。

65歳になって年金もいただけるし、今まで共働きだったので、困らない程度の預貯金もあります。二人の子供にも恵まれ、孫も生まれ、幸福な日々を過ごしていたのが、突然明暗が一転してしまったかのように感じられてなりませんでした。

日々、辛かったし、どうしたらこの状況から抜けだすことができるのか、混迷しながら、なんとか生きていたと思います。

そんな中でも、

「これが私に課せられた人生の定めなら、これから先、何年この世に生きられるかわからないけれど、毎日笑える日々を取り戻さなければならない」

と思いました。

ではどうしたらいいのか、簡単にその答えは見つかりません。

ただ、世の中には、私以上の悲しみ、苦しみ、寂しさ、辛さを持っている人はたくさんいることを思うと、

「いつまでも落ち込んではかりはいられない」

「立ち上がらなくてはいけない」
と思えてくるのです。

何より、私には子供たちがいて、家族がいます。主人が築いてくれた私たちの家族です。それを守っていかなくてはいけないという思いもありました。

「神崎さんの家、旦那さんが亡くなってからずいぶん、だらしがないわね」とか「すさんだ生活になったわね」などと言われないように、私がしっかり生きていくこと。

それが、神崎武雄が築き上げた人生を、私なりに守っていくことなのだと思いました。

無我夢中で毎日を過ごすうちに、時間は過ぎていきました。

毎朝、起床するのは5時30分です。ぼうっとした頭のまま、テレビをつけ、警備解除をして1階の雨戸を開けます。2階に上がって雨戸を開けると、ベランダから下の犬小屋にいるチビの確認をします。

1階に戻り、仏壇の主人のご飯とお茶を取りかえます。

お線香を、住職さんに教えていただいたとおりに上げ、手を合わせます。

「おはよう。今日も一日、家族全員が無事に過ごせますように、見守ってください」

と、主人にお願いをします。

掃除機をかけ、チビに朝ごはんと飲み水をあげてから、ようやく自分の身支度に入ります。

朝はコーヒーかお茶だけのことが多く、小腹が空いていれば、小さい塩むすびかパンで簡単な朝食を済ませます。

化粧をして服を着替え、再度2階と1階の戸締まり確認をし、7時45分前後に仏壇の主人にもう一度、声をかけます。

「パパ、行ってきます。お留守番お願いいたします」

玄関も戸締まりをして、警備確認をして、家を出ます。

会社までは車で5分もかかりません。あっという間に到着、出社して8時に始業です。

経理業務の責任は重大です。

最近は、世の中が大変なことになって、食品を扱っているうちの会社の売上も芳しくないこともあります。

「一歩間違ったら、会社をつぶしてしまうかもしれない」

というくらいの緊張感を覚えることもあります。

もともと、入社したときから担当は経理でした。仕事を教えてくれた先輩は銀行出身で、ご主人が船乗りをしていらっしゃるとかで、週に3回だけ出社してきました。銀行出身だけあって経理についてはとても厳しく、きつく指導されましたが、泣きたいくらい怒られた翌日には、お弁当のおかずを一品、余計に持ってきて、「これ作ったから食べて」とすすめてくれるような優しさもありました。

当時は頼りなかった私も、今ではすっかりベテランになって、経理グループの部長という肩書までいただき、いつの間にか仕事で話す銀行の担当者は息子みたいな年の方ばかりになりました。

昼食は12時から13時の1時間で、会社の同僚と近くの定食屋さんで済ませます。

主に餃子《ぎょうざ》を作っている会社なので、職場には餃子を包む作業をするパートさんがたくさん働いていています。パートといっても、短時間できれいに包んでいくのは高度な技術が必要ですから、みなさん職人と言っていいと思います。

パートさんの多くは近隣に住んでいる主婦の方で、このあたりはフィリピンや中国からお嫁に来た方も少なくないので、国際色豊かな職場です。そして、子供を持つ女性が働きやすい会社でもあります。

うちの息子も、小さかったころは会社のすぐ裏にある保育所、小学校に通っていて、放課後にだれも見てくれる人がいないときには直接会社に来ていました。

会社の2階にはテレビが置いてある畳敷きの休憩室があり、息子はそこで宿題をしながら私の仕事が終わるのを待っていて、終業後はいっしょに家に帰ったものです。

勤務時間は17時までで、だいたい17時20分までには、退社します。

毎日の仕事は、なかなか大変です。時には、「そろそろ引退したい」と思うこともあるくらいです。もちろん、仕事をすることで気が紛れて、助けられてもいます。けれども、「何のために働いているんだろう?」と思う日もありますし、そこから「何のために生きているんだろう」と思ってしまうこともあります。

そんなことを娘にこぼしていたら、先日は「お母さん、再婚してもいいわよ」と言われてしまいました。

家に帰りつくのは、だいたい17時30分前後です。

警備を解除して家に入り、家着に着替え、脱いだ服を洗濯機に入れて回して、お風呂にお湯を張ります。

チビには夜ご飯と飲み水をあげると、洗濯物を取り出し、干します。

自分の夕食の支度をして、ふと気が付くと、もう18時半を回っています。夕食後、後片付けをしたら、雨戸を閉めます。

生活用品や食材が不足している場合は、その後に近くのスーパーへ買い出しに行きます。家に帰ってお風呂に入ります。

以前にテレビを観ていたら、船越英一郎さんが「お風呂に入り終わったら、すぐに風呂の掃除をすると、手間がかからないです」と言っていましたので、その方法を実行しています。

入浴兼風呂掃除が終わると、だいたい21時前後。ようやく、のんびりできる時間です。好きなテレビ番組を23時ごろまで観て、就寝します。

主人の生前は、家事は分担制でしたが、今は全部をひとりでこなしています。いささか疲れが出てきたのは、やらなければいけないことが増えたせいばかりではないのかもしれません。愚痴を言いながら、ひとりもくもくと手を動かしていても、返ってくる言葉はありません。いつも会話は一方通行。それが心を重くしているのもあるのでしょう。

食事も、ひとりで食べているのはとても味気がないものです。

いまだに、涙が自然とこぼれることもあります。

休日になると、晴れていれば庭の草取りをします。

それが済んだら、玄関に飾る花と、お墓に持っていく花を買い出しに行きます。

玄関には男物の靴が二足、置いてあります。主人が亡くなったときに履いていた茶色い靴と、会社に行くときにいつも履いていた黒い靴です。それ以外の靴は捨てたのですが、この二足だけはどうしても処分できません。

花を持ってお墓に行くと、掃除をしながら、「会いに来ました」と話しかけて、一週間の報告をします。「また来るね」と手を合わせ、帰宅します。


以前は、日曜日のたびにだれかを訪ねていたので、楽しいひとときを過ごしていました。そのことを思うと、いたたまれない気持ちになることもあります。本当に幸せな時間を共有していたんだなと改めて思う瞬間です。

娘は、毎日のように21時ごろに電話をくれます。

「大丈夫、変わりない？」

と気遣ってくれます。

息子も、時間があれば連絡をしてきます。こちらもやはり私のことを心配してくれるのです。

娘や息子から電話をもらうたびに、「心配ないよ、大丈夫です」と返答していますが、本当はとても寂しいです。でも、それは口に出さずに「ありがとう」と言って電話を切ります。

主人は、相変わらず夢には出てきません。

聞くところによると、亡くなった人は、遺してきた人の心配がなくなった時点で、夢枕に立つのだそうです。まだまだ私は、主人を心配させているということなのでしょうか。

どういうわけか、娘婿の夢には主人が出てきたそうです。「なにか言ってた？」と聞いても、娘婿は「いやあ……」と言って答えないのですが。

早く、夢に出てきてほしいと思います。出てきたら一言、文句を言ってやりたい気持ちです。文句を言われるのがいやで、出てこないのかもしれません。

今でも毎日、あの電話を会社で受けた時間、16時30分が来ると、あの日のことを思い出します。きっと、一生忘れることはできないのでしょう。

今の私は、こんなふうに日々を過ごしています。

職場の人などから見たら、私の生活は、主人が生きているときとあまり変わらないように見えるかもしれません。

私自身も、感じることがありました。主人がいなくなったのに、淡々と、まるで変わったことはないように生活してしまっているのではないか、と。

主人がいなくなったのに、自分は普通に生活している。そのことが、とても辛く感じました。

何かしなくちゃいけない。そう思って、パソコンに向かいました。

この本は、そんな思いからできあがったものです。

書き始めて改めて感じたのは、あまりにも突然だった主人の死を、私自身が受け止めることができていなかったということです。

今でも、最後の言葉すら交わすことがかなわなかったことが残念でたまりません。一番大切な人を失ってしまった後悔の念は、まだ消えないままです。

子供たちも、口には出しませんが、思いはいっしょだと思います。二人とも、30代で父親を亡くして、さぞかし辛く、寂しい思いをしていることだと思います。

主人自身も、自分が死んでしまうなんて思っていなかったのではないかなあ——と想像します。

そんな気持ちを、私は書き綴《つづ》っていきました。

次第に、子供たちはもちろんのこと、後世の親族に向けて、この時代に私たち夫婦が存在していたという証しを残したいとの思いも生まれてきました。

また、読んだ人に、いつか必ず訪れる大切な人の死、自分の死に対して、「悔いのない一生を歩んでほしい」

というメッセージになればとも思ったのです。

今年の5月の連休中は、断捨離に精を出していました。

世の中は新型コロナウイルス感染拡大防止のために自粛一色で、家にこもっている時間が長くなり、きっと同じように片付けに励んでいた人もたくさんいたのではないかと思います。

主人が亡くなってから、出かけることが少なくなったぶん、少しずつ片付けてはいたのですが、この休みはがむしゃらに家の中を整理していました。

家の中をあちこちひっくり返していると、思い出の品がいろいろと出てきます。

もう着なくなった服など、さっさと処分してしまえばいいのですが、ふと手にとって、

「あのとき、旅行に着ていった服だ」

と思い出が蘇《よみがえ》ってくると、なかなか手放せないような気がしてしまいます。

自分が亡くなった後には、子供たちに余計な手間をかけてはいけない。この年代に

なったら断捨離を頑張らなきゃ、と自分を励まして作業を再開するのですが、また思い出の品が出てきます。

「これ、パパがお気に入りだった服だ」

と手が止まってしまうのです。

玄関に残してある靴もそのままですし、主人の携帯も、まだ止めていません。寂しくなったときには引っ張り出してきて手に取ります。

「もう、姿かたちはなくなってしまっているけれど、いっしょに歩いてきた道のりは消すことができないんだなあ」

そんなことを思いながら、家を片付けていました。


文章を綴り始めたときには、こんなにも多くの人々が、不安と危険にさらされる時代が来るとは思ってもみませんでした。令和2年（2020年）のねずみ年は、子孫繁栄、子宝に恵まれて良い幕開けとなるはずでした。しかしながら、コロナウイルスという、正体の知れない病原体に世界中が振り回されると、だれが想像したでしょうか。片付けの合間に見るニュースでも、深刻な状況が刻々と伝えられています。

こんな時代だからこそ、家族のあり方、そして家族としての役割等を考えるとともに、家族の絆を深め、そして一日一日を大切に生き抜いていかなければならないと改めて感じています。

私だけでなく、突然に予期しない不幸にあって、それでも日々を生きている人たちは、その大切さを知っているのだと思います。

最期のときを迎えて、笑って穏やかに逝くことができれば幸せだと思っています。

そのときに笑える人生は、自分の手でつかむしかありません。


人間は生まれたときから一歩一歩と歩き始め、時を刻んでゆきます。

歩く距離は人それぞれ違いますが、いつか確実に歩くことができなくなるのはだれでも同じです。

大切なのは、歩いた距離の長さではなく、いかに自分自身が満足し、充実して歩けたかだと思います。

二人で助けあいながら歩いても、一人で歩いても、同じように大切な一歩であり、かけがえのない道のりです。

私はここから、一人で歩きます。どのように歩いていけば良いのかまだ、わかりません。

ただ言えることは、次の周忌を迎えたときに、「これが人生なんだ」、そして「ありがとう」と、笑って言える自分でいたいということです。

それは、私自身の思いであると同時に、主人から私への最後のメッセージでもあると感じるのです。

そして、主人はそこに、一言付け加えるような気がします。

家族と命を大切に、と。

貴方は、一人の人を心から愛した事がありますか。
胸の鼓動が体中を駆け巡り、私はあの人の面影を追いかけています。

二人で歩いた砂浜も、よせ来る波も、潮風も、
思い出という鳥になって飛んでいってしまうのでしょうか。

突然、抱きしめられ結婚しようと言われ、体中が震えていた私の事、
覚えていますか。

不思議なものですね。亡くしてみて初めて大切な人だと、気が付くのでしょうか。

著者プロフィール

神﨑 徳江（かんざき のりえ）

1954年1月25日、東京都墨田区賛育会病院にて出生
東京都江東区亀戸の最寄りの幼稚園、小学校、中学校、都立江東商業高校卒業。
1972年、和洋女子大学文家政学部生活学科入学。
1975年の大学4期生時に、神﨑武雄と結婚。翌年3月卒業。
その後、二人の子供を授かる。
現在66歳。千葉県旭市在住。経理担当として現役で会社に勤務。

生きる

2020年12月15日　初版第1刷発行

著　者　神﨑 徳江
発行者　瓜谷 綱延
発行所　株式会社文芸社
〒160-0022　東京都新宿区新宿1－10－1
電話　03-5369-3060（代表）
03-5369-2299（販売）

印刷所　株式会社エーヴィスシステムズ

ISBN978-4-286-21888-5